CB014547

APOIO

PATROCÍNIO

REALIZAÇÃO

SINAIS DAS IDÉIAS

Moacir de Oliveira nasceu em 1947 na cidade de Sabará, Minas Gerais. É poeta, produtor e diretor de cinema. Entre seus trabalhos estão os filmes *A Vida Apenas*, *Senghor – Viagem a Ouro Preto*, *Suíte Brasília*, *Franz Weissmann – O Músico do Silêncio* e *João Câmara*. Foi Diretor Geral da Embrafilme e Secretário do Audiovisual do Ministério da Cultura. *Sinais das Idéias* é a primeira publicação em livro.

Moacir de Oliveira

SINAIS DAS IDÉIAS

Apresentação

Eric Nepomuceno

Dados Internacionais de Catalogação na Publicação (CIP)
(Câmara Brasileira do Livro, SP, Brasil)

Oliveira, Moacir de
Sinais das idéias / Moacir de Oliveira;
apresentação Eric Nepomuceno. – Cotia, SP:
Ateliê Editorial, 2006.

ISBN: 85-7480-317-0

1. Poesia brasileira I. Título.

06-3627 CDD-869.91

Índices para catálogo sistemático:
1. Poesia: Literatura brasileira 869.91

Direitos reservados à

ATELIÊ EDITORIAL
Estrada da Aldeia de Carapicuíba, 897
06709-300 – Cotia – SP
Telefax: (11) 4612-9666
www.atelie.com.br
atelieeditorial@terra.com.br

INSTITUTO CULTURA EM MOVIMENTO
Praça Floriano, 51 – 6º andar
20031-050 – Rio de Janeiro – RJ
Tel: (21) 2220-3638
Fax: (21) 2220-8008
www.icemvirtual.org.br
icem@icemvirtual.org.br

Printed in Brazil 2006
Foi feito depósito legal

... Sempre mais comigo
vou levando os passos meus,
até me perder de todo
no interminado Deus

Cecília Meireles

Dedicado a Margarida, minha mãe

Sumário

Apresentação

A Poesia do Poeta que Nunca Foi Outra Coisa Além do que É

Há pouco tempo, um grande poeta brasileiro disse uma obviedade que não por óbvia deixa de ser oportuna. Ou seja, relembrou algo que todos deveríamos saber, mas freqüentemente esquecemos: o poeta não se faz, o poeta nasce.

O poeta pode até não exercer a poesia escrita, pode até não viver a poesia vivida. Mas será poeta, mesmo sem saber, mesmo sem querer. Trará sempre, selado na alma, o destino dessa obsessão que não cessa na busca da palavra que traduza o que parece intraduzível, mesmo que a palavra permaneça calada.

Quer dizer: ninguém escolhe ser poeta. Quem tentar, estará fadado ao fracasso. Poderá até escrever poemas formais, certinhos, de beleza falsa. Ser poeta, porém, é outra coisa.

Moacir de Oliveira, por exemplo.

Para falar a verdade verdadeira, até bem pouco tempo eu não sabia que ele escrevia poemas. Nós nos conhecemos já lá se vão uns bons dez ou doze anos ou mais, e eu não sabia. Em compensação, sempre soube – e nos momentos de dúvida, desconfiava sabendo – que Moacir era o poeta que agora se mostra por inteiro. Na sofreguidão com que contempla e morde a vida e o mundo, desfazendo a aura nebulosa e discreta que, dizem, cerca todo mineiro, ele já se revelava poeta. Porque dá para perceber que mesmo quando não diz nada em palavras, ou quando as palavras se atropelam buscando a expressão, ele tem um jeito meio obcecado, minucioso, de desarmar o mundo à procura dos encaixes ocultos, de querer ver a paisagem por dentro. De buscar as possibilidades do impossível, de se manter na vã peregrinação à procura da essência, do cotidiano, do simples, do inatingível.

Tudo isso está nos poemas de *Sinais das Idéias*, escritos ao longo de 36 anos, mas vividos ao longo de toda a vida de Moacir. Uma tarefa, a do poeta, que ele define com exatidão num dos poemas:

> Um pensador de temas mais longínquos,
> Coisas guardadas na coxia do cotidiano
> Como um coágulo de sonhos e versos.

Então, o que quero dizer é o seguinte: não importa, aqui, examinar técnicas de construção da poesia, a estrutura dos poemas, ou buscar detectar escolas ou influências. Não: o que importa, na hora de mergulhar página a página, poema a poema, verso a verso de *Sinais das Idéias*, é saber que no fundo dessas águas se abriga o olhar do poeta sobre as coisas grandes da vida, e também sobre a grandiosidade das coisas mais simples. E que se qualquer assunto é da vida, qualquer tema cabe na poesia.

O olhar inquieto e incessante de Moacir de Oliveira, aqui revelado nos poemas, mergulha e repousa na imagem da angústia de um homem grisalho dentro de um carro prateado num determinado amanhecer, ou no pensar sobre as razões que nos levam a ver um filme; passeia sobre John Coltrane ou Lawrence Durrell, por amigos, examina uma cachaça ou se depara com a morte, vagueia nos devaneios dos amores contrariados e pelas brumas dos amores realizados, revira a memória, visita a infância, adivinha a velhice. Passeia, em resumo, por tudo que acontece comigo, com você. Com o ser humano, seu tempo, sua circunstância.

Moacir de Oliveira faz tudo isso com a delicadeza dos tímidos e a obsessão dos peregrinos. Há um tom coloquial nos poemas, o que não significa falta de elaboração. Ao contrário: pouca coisa é mais difícil do que resumir palavras à sua essência, e fatos ao seu âmago. Coisa de poeta, como sabemos todos.

Este livro, enfim, não faz mais do que confirmar – ao menos para mim – o que eu sempre soube: que Moacir de Oliveira é poeta. Pertence a essa rara casta dos buscadores de palavras vividas pela raiz, donas de uma forma única de ver e viver o mundo.

Poeta, é claro. Antes, pela vida. Agora, por escrito – e por impresso.

Eric Nepomuceno
Petrópolis, dezembro de 2005.

Notas do Autor

1. Este livro é a reunião de poemas escritos no período entre 1968 a 2004. Na primeira versão, feita em 1998, eles estavam datados e organizados na ordem cronológica. Entretanto, várias revisões foram feitas até a versão final, alterando não apenas a organização, mas alguns poemas foram modificados na forma, no ritmo, transformados, apesar de preservados nas idéias. A noção do período em que foram escritos poderá, todavia, contribuir para a compreensão do livro no seu conjunto. A ambivalência de idéias e a repetição de temas e palavras expressam as oscilações de perspectiva, de sentimentos e de imaginação vividas neste tempo.

2. O título *Sinais das Idéias* foi escolhido após a leitura do livro *Onde Encontrar a Sabedoria?*, de Harold Bloom (Editora Objetiva/2005), no capítulo dedicado ao poeta, romancista, crítico literário e lexicógrafo inglês Samuel Johnson (1709-1784). Na página 184, duas citações exprimem o que pode significar a poesia e o que são as palavras na visão de Johnson:

"A tarefa de um autor é ensinar o que não é sabido ou recomendar verdades conhecidas, tornando-as mais belas, seja para permitir que uma nova luz ilumine a mente, abrindo a perspectiva de novas cenas, ou para variar a aparência e a situação de objetos comuns, a fim de lhes conferir nova graça e atrativos mais marcantes, espalhar flores sobre regiões que o intelecto já percorreu, a fim de que ele seja tentado a retornar e rever coisas pelas quais passara às pressas ou de modo negligente."

....

"Ainda não estou perdido na lexicografia, a ponto de esquecer que as palavras são filhas da terra, e que a coisas são filhas do céu. A linguagem é o único instrumento da ciência, e as palavras são *sinais das idéias*: bom seria, no entanto, que os sinais fossem permanentes, como as coisas por eles denotadas."

Em Sabará

Nonô de Naná
Não amava as mulheres
Como normalmente se ama
Tinha ganas de atacá-las
Na tocaia
Pelos cantos do casarão

Esgueirando-se
Durante as festas de natal
Comia pudins e brigadeiros
E corria para o banheiro

Nonô de Naná
Não podia amar as mulheres
Enquanto as desejava
Nem nunca

E o Amor

Porque tão conciso para falar do amor
Porque tanto medo, quero dizer
O amor no amor também é erro
Confuso costuma ser
É achado e perdido no mesmo momento
E não saber amar
É ele desejado
E, ainda assim, incompreendido
Considere o amor coisa cotidiana
Oportunidade e esforço
Todavia, não havendo esforço
Ou chance
Deixe estar
Porque o amor
Poderá ainda progredir
Como câncer em você

Um Escritor

Flutuando sobre seus personagens
Lawrence Durrell atravessa o real
E não está nele
É puro pensamento
Compreensão pretendida
Disciplina e organização

Expositor das mentes
E dos desejos
E dos pecados absolvidos
Originalmente

As paixões sem medidas
Como sina compreendidas
Sem mais

Narrador do século XX
Tratou as traições e os crimes
Como dor e complacência
A demência tratou

Igual ao medo e às vocações
E como tal
As guerras e suas convulsões

E no núcleo da sua imaginação
Os movimentos do amor
No universo das convivências

No Tempo no Todo

O amor e a morte combinam
Como poucas coisas são capazes
De se amoldarem, no tempo
No todo

Há algo no cheiro, no trato
Um desenho
Que os torna iguais, siameses
Sem verbo

Em movimento solidário
Impõem sua forma
Sobre as outras
Com clareza

Sombras do Paraíso

O paraíso é a sombra do amor
Onde afinal iremos descansar
E assim repousando esquecer
Os sofrimentos que se opõem
Ao amor como luz no paraíso

Pinga de Salinas

Como esta galinha
E nada lhe será melhor
Que devagar comê-la
Mesmo que o molho respingue
Na camisa ou na toalha da mesa

Esqueça-se de outras paixões
Esqueça-se mesmo de Minas
Mas desperte o seu apetite
Bebendo a pinga de Salinas

O Melhor que Fica

De tudo o melhor que fica
É o risco franco
E o bom humor
A generosidade nos gestos
Mesmo à distância

Os momentos de convivência
Com serenidade

De tudo
O melhor que fica
Fica na memória
Como uma escultura
Em progressão

April in Paris

Para Roberto Bittencourt

O ruído surdo, distante e contínuo
Afluindo do abismo humano projeta
Nas inquietações de cada destino
O que o equívoco social completa

Mídia 1992

Nas veias da televisão
Circula o líquido frio
De vampiros ancestrais
Ampliando seu espectro

Alcoólico

Quase toda a noite se pudesse
Vinho. Senão, bebo o estoque.
Que melhora ou piora e nunca foi igual
Em todos os tempos. Meus, quero dizer
Aliás, nunca fui dono do meu tempo
Propriamente. Tê-lo. Ah! Compasso
O tempo oscila como a verdade
Sem certeza a busca é a certeza
Emocionado ou lúcido! A clareza
É a visão que explode sem aviso
Imagens de devaneios e sonhos
Os excessos próprios da ilusão
"As Noites de São João",
De Guignard

Desnecessário é que me ouçam
Os beberrões que o álcool adula
Não estou me dirigindo a todos
Mas aos singulares e cosmopolitas
O que inclui também abstêmios

Que lêem bons livros, bons poetas
Kafka, Machado, Sylvia Plath
E com elegância se distinguem
E vivem apreciando a diferença
A altivez bela, solitária e nítida
A arte é só forma, o justo degredo
Que a inteligência visionária se impõe
(conteúdos são variações, atenuantes
dos equívocos cotidianos do tempo)

Mas então eu bebo irresistivelmente
E gosto do vinho ou cerveja sob o sol
Principalmente. Mas posso beber tudo
Vodca, uísque, cachaça, tequila
E na companhia de Milton Gontijo
Embriagar-me de música e folguedos
Trincheira do mundo interior e exposto
Os sonhos produzem a própria mímica
A realidade insuficiente em eclipse
O eu trivial e denso e a vida que deveria
Composição bioquímica da alteridade
Longe do cotidiano os gestos originais
Permanecem e o silêncio se expressa
Não há mais perguntas necessárias
Ou o desejo de respostas inauditas
Mas a perspectiva do delírio como luz

John Coltrane no Palácio do Itamaraty

Para Alberto Graça

Tenho lido poetas em várias línguas
Poetas que cantam a história
Que falam do amor
A paisagem vista
E a sonhada
A tragédia multiplicada
Adaptada
Renascida

Palavras que expõem a idéia
Ela somente
Iluminando suas circunstâncias

Assim, compreender um gesto
E destacá-lo
Como se fosse possível narrar
Uma curva de Oscar Niemeyer

Idéia como uma curva
Um traço
Solidária no tempo
Solitária no espaço

Ocaso Burocrático

Para Clemente Luz

Do esforço pouco lhe resta
Senão ele mesmo e seu traço
Os riscos gravados na testa
Marca da ausência e cansaço

Imagem

A chuva era forte
Como o vento
E o verde nas folhas das árvores
Agitando-se, à tarde
Como sombra

Náutica

Para José Luiz Azeredo

Solidão navega na proa
E não é à toa
Precede todas as emoções
E delas prescinde
E todas velas ao vento
Pelos sete mares
São seu destino
E orientação

Aos 44 Anos

Em um certo momento
A compreensão de que a morte virá
Mas você realmente não sabe
Não distingue a face
Um vulto ainda distante
Caminhando devagar pelas sombras

A última emoção, entretanto, virá
Com a paisagem toda iluminada

Ofício do Poeta

Hoje, amanhã, depois
Ontem, principalmente
Escrever
Permanentemente

E depois de escrito
Voltar
A escrever
Sobre as mesmas coisas
Com a expectativa
Do entendimento

The imperfect is our paradise

Wallace Stevens

Graça

Como Deus, assim, o amor é inútil
Ultrapassa a linha do horizonte
E, no mundo da eternidade
É invisível ao tempo e suas formas
Perenes. Na essência, ausência

O amor é útil aqui, pela porta
Ao lado que irá se abrir e
De onde há de vir, o sorriso
As mãos estendidas e a voz
Assim é um amor que podemos

Mesmo nos desencontros este
É o amor que nos serve, mesmo
No duplo amargo e doce, assim
Como sossego ou tumulto
A claridade intensa refletida

Como Deus o amor poderá
Servir outra hora, depois
Quando não houverem mais
Casas, suas portas e janelas
Os jardins, os sonhos, os desejos

Quando o mar, as ondas e a praia
Forem engolfados pela noite
E não mais raiarem porque o Sol
Se foi, findo o tempo, assim talvez
Quem sabe o amor como Deus

Mas quando ela chega, a inquietação
De olhos cor de mel, desafiantes
É assim que é o amor, temerário
Que vivemos – o amor como Deus
A perfeição – depois veremos

Almoço de Quarta-feira

Silvia
Via
Aberta
Aorta
Meu amor circula
No seu

A Moça no Sinal

Um pouco distraída aguardando o sinal abrir
Suaves e cuidadosos gestos exibem o frescor
Do seu corpo e a leveza da alma, recortada
Ao entardecer, nos tons vermelhos do poente

Como um Anjo

Brilhando
Nas sombras
Insistentemente
E não é a razão

Soneto Soturno

O animal se aproxima novamente
É bem conhecida, entre nós, a fera
Degrada a alma, entorpece a mente
Fazendo da vida uma triste quimera
Nas regiões profundas, mais escuras
Habita o monstro, o lagarto pegajoso
Das cavernas abafadas, das ranhuras
Se assombra em silêncio, poderoso
A noite é a sua hora e sua ferramenta
Da escuridão segrega o seu domínio
É quando o réptil cospe a sua praga
E sob as sombras introduz o infortúnio
Ah! Está inoculado o pânico, o medo
O abismo aberto e a alma em degredo

Paisagem do Céu

Tantos são os mistérios, vejam as nuvens
Quando a noite brilha com suas estrelas
Ah! São belas e o enigma não está nelas
As nuvens, elas sim, expressam o móvel
Misteriosamente, o branco na noite azul
Desfazendo as formas como os Deuses
Dissolveram-se nas noites dos tempos
Adormecendo as almas em seus vapores

Ruído Geral

Para o Gabriel

Não sofra, menino
Não sofra
Nada vale essa pena
Que lhe digo
É apenas
Transitoriedade
Mas se for inevitável
Sofrer
Chore baixo
Evite que o escutem
Não se envergonhe, entretanto
Ou se recolha a um canto
Que de pequeno limite
O espaço de sua dor
Antes vá a rua
Ao tráfego dos seus semelhantes
E na semelhança mire-se
Distinto e único
E harmonize seu grito
No ruído geral

Rua da Bahia – 1967

Como se fôssemos os únicos
Acordados naquela madrugada
Ali, bêbados, jovens e satisfeitos
Olhos abertos ao futuro
Distante
Desafiante
Adequado aos nossos corações
De então

Corações marxistas
Literários
Preguiçosos

Corações apaixonados
Por mulheres magras
De cabelos lisos e olhar inquieto
Ou qualquer outra moça
Da classe média de Belo Horizonte
Ou à imagem de Ana Karenina
Ou à semelhança de Kim Novak

Corações mal despertos
Envolvidos pela emoção
Na contramarcha do poder

Como se fôssemos os únicos
No anúncio da alvorada
E seu orvalho

Insônia

Um privilégio raro
Com tempo preparo
Para o deleite dos poderosos
E o desespero dos humildes
Preparo um texto sobre a história
Não seu canto
Mas seu pretexto
Na alvorada permanente
"Em ruivo manto envolta"
Que o tempo finge
(como expectativa)
Na idéia do novo
E em sua permanência
Não, não é possível
Tocar o novo
Com o melhor de nossos gestos
Podemos ver
Apenas e muito bem
As mesmas cores
E suas variações nos dias

Os humores dos tons
E suas inquietações
Os olhares ansiosos
(Ah! O sorriso suave)
Painel de abstrações
Em vermelhos, azuis
Principais
Os brancos matizados
Em cores expandidas
(E houve a possibilidade de Deus)
E a inevitável presença
Do belo e cotidiano
Amarelo
Preparo um texto
Para o privilégio
Raro
Dos que têm insônia
Com dinheiro no banco

Giuseppe Ungaretti – "L'allegria"

Um pensador de temas mais longínquos
Coisas guardadas na coxia do cotidiano
Como "um coágulo de sonhos" e versos
Flecha atravessando as quatro estações
E as emoções orquestrais dos silêncios
O esclarecimento das cores sobrepostas
E o tempo contemplado de seus lugares
Visão vaporosa de névoa e transeuntes
Espelho do olhar refletido e estrangeiro
Iluminado pelo sol difuso da imensidão
As noites com suas luzes e suas estrelas
Espiando a solidão ao feitio dos sonhos
Nas latitudes e nas longitudes variáveis
O "inexprimível nada" em meio a tudo

Comigo Tudo

Tudo acontece comigo
O beijo tardio
Seu silêncio e o brio

Tudo acontece comigo
A mentira dita
E a desdita

Tudo acontece comigo
O gesto impuro
E o recuo

Tudo acontece comigo
O adeus imprevisto
E um sentimentalismo

Tudo acontece comigo
A ideologia vencida
E a fé esquecida

Tudo acontece comigo
O gol de pé esquerdo
Depois do medo

Tudo acontece comigo
O predominante azul
E o cruzeiro do sul

Tudo acontece
Comigo
Tudo

Ressaca

Não há força que force
E o que torce é parafuso
Ando meio confuso
E com um pouco de tosse

Gesto Principal

Que diferença faz um dia
Se a ele outro se agrega
Na forma de uma paródia
E menos reúne que desintegra
Um dia faz sua diferença
Disfarçando-se de comum
E é capaz de gerar a crença
Que entre muitos outros é um
O que faz a diferença de um dia
        ("there is a rainbow before me")
É sua alvorada de tanta luz
Tão simplesmente como o estar
Habitual, mas sem permanência
E imprevisivelmente se reproduz
No gesto principal de amar
        ("... and the diference is you")

Aniversário

Desde já esqueça
Esqueça
Que eu me lembre
Lembre-se
Que me esqueço
Sempre

E lembre-se ainda
Que o principal
Fica
Na memória
Irremediavelmente

Suzana Up

Como a entrada da noite:
Tons de azul habituais
Vermelhos horizontais

Festa no Bairro da Serra

A porta aberta
O ruído da festa
Mais à frente
Já criando forma
A mesa de canto e
O encanto seu

Elegante, escura
Jacarandá da baía
Suporte para o biscuit
De um pato
Verde, castanho
E creme
O vaso de cristal moldado
Esguio, delgado
A escultura em alabastro
De menina que dança
E, de prata
O porta-retratos
(mãe com duas crianças

divertimento na praça
à sombra da paineira
ensolarada
branco rosa e azul)

A mesa de canto
E o seu encanto
Atraiu
Minha atenção e
Distraiu-me da timidez
À parte
As pernas roliças e
Morenas, da moça
Que chegou logo
Em seguida
Laranja era cor
De seu vestido

1991

O desespero está na esquina
Ali
Assim exposto
Em todos os rostos
E suas particulares expressões

Um país pode se acabar
Ou, simplesmente, ser
Vulgar

O Carro Prateado

Na rua deserta
Um carro prateado
Parado na esquina

Ao volante
Um homem de terno amassado
E os cabelos em desalinho

O bêbado derradeiro
Diminuiu seu passo
E olhou
Duas vezes, titubeante

Por uma hora ficou ali
Dentro do carro
Insistente
A cabeça caída ao volante

O sol nasceu
Através dos prédios

Brilhou no capô do carro
E no grisalho de seus cabelos
O homem e sua gravata estampada
Com a cabeça baixa
Enquanto vendedor ambulante
Parou
Para observar

A cabeça reclinada
os braços estendidos
Uma pasta e um revólver
Ao seu lado

Então
Arrumou os óculos
E os cabelos
Fixou olhar no colegial que passava
E partiu

Nenhuma expressão
Nenhum sinal
O colegial acompanhou a partida
E seguiu seu caminho

Havia um carro prateado
Parado na esquina
Na manhã do dia
Em que o Presidente foi deposto

Propaganda

Todos deveriam ir ao cinema
Uma vez por semana
Não para proteger o cinema nacional
Mas para se proteger do real
Chorar no escuro
E esfregar as mãos
Pretender as impossíveis emoções
Sofrer aquela perda
Que de tão trágica
Não a quer para si
Mas o torna generoso e compreensivo
Observar os gestos e o olhar
Da mulher cuja beleza é tanta
Que poderia não existir
Odiar os equívocos
Dos poderosos
Que ali são vingados
Na forma de sua exposição
Aderir ao riso franco e aberto
E à emoção coletiva

E, afinal
Amar aquele amor
Carregado de sonhos
Que só ali se vê
E, depois de visto
Torna-se memória e pensamento
E se o filme lhe escapar
Ao gosto
Ou à compreensão
Reclame indignado
Como!
Mas vá a sala escura do cinema
Uma vez todas as semanas

Poderá ser bom
Para preencher as lacunas
Do seu cotidiano

... À Semelhança do que Somos

Haverá sempre a possibilidade
Do amor
Como o movimento das nuvens
Em noite de verão
O suave contorno no azul
E a outra forma que irá se desenhar
A seguir

O movimento que prepara os gestos
É o mesmo do olhar que observa
A forma
E está pronto para a busca
Atenta
Daquilo que poderá surgir
Como núcleo
Do amor que desejamos

À semelhança do que somos

Tônica

No meio do dia de Corpus Christi
A claridade forte e o vento frio
Como um corte
Ouviu-se um trio
Música de Thelonious Monk

Um grave acontecimento
Está sendo esperado
E nem Deus e nem a polícia
Podem evitá-lo.

Ferreira Gullar

Espera

Espera-se ainda por graves acontecimentos
E os que já aconteceram, mesmo os heróicos
A memória os revelou muitas vezes ardilosos
Quase sempre apaixonantes
E irremediavelmente humanos
Espera-se até pela fúria do povo
Que talvez não venha
Ou que a ira de Deus caia sobre nós
Com seu sarcasmo sublime

Alguns ricos continuam dormindo mal
E nem todas as crianças dormem bem
(ruídos estranhos na janela, ao anoitecer)
Os piratas navegam com o vento à feição
As velas içadas em desfile no horizonte

Caminhamos em dúvida para um futuro
Cuja forma da repetição desconhecemos
(Quietude, silêncio)
Mas não há porque desesperar

Senão esperar
Pelas múltiplas atitudes
Que a tragédia revigorada
Irá sugerir

Com Cuidado

Deixem, por favor, cair
Aquela taça de cristal
Que balança na ponta da mesa
Não tentem impedir a queda
Mas coloquem almofadas
Rapidamente
Para que ela caia
E não se quebre
E possa então
Passado o susto
Ser objeto de nossa admiração

I'm Confessin

Que eu te amo
É claro
Que sempre te amei
Talvez
Que nasci para te amar
Quem sabe?

Confesso ainda que gostaria
De reduzir o tempo
Ao meu ritmo

E confesso a minha solidão
E o que fazer então
Se sua falta não se encontra
Com a minha
Falta
Entre a mínima e a tônica

Um Jantar em Lisboa

Para Eric Nepomuceno

E então assim
O que pensar?
Sobre a alma
Eu digo!
O que é ou o que contém
De vontade e de antes
Conter, como necessidade
O controle
(E a vida escapa, sempre)
Difícil, até é
Mas o que não deve
Ser, para a saúde
Que a mente engorde
No melhor dos desejos
E do que deles se deposita

Como quem
Ao fixar forma ao cabelo
Na esperança do espelho
Inquieto, tenso, sem calma

Exagere e
Para além da cabeça
Derrame brilhantina na alma

O que Somos, Afinal?

A noite
Intensamente azul
Bela e longe
Para ser

As estrelas brilham
E mudam de lugar
Para serem
Ora!

Os homens
Ampliam sua solidão
Parecendo
Ora!!

Láicu bala / laica

VLADÍMIR MAIAKÓVSKI

MAIS UMA VEZ

Mais uma vez
Fui capaz
De escapar
Da bala sibilina

Outras
Sibilinas balas
Poderão ainda
Animar meu gesto

Balalaica

Redução

Vamos então expor
Nossos dissabores e equívocos
Claramente
Ou irei expor
Apenas eu
Raramente
Quando escapa do social
Aquele gene
Aquele cromossomo
Que diminui
Mente
E reduz a vida
A uma ou duas matrizes
Exclusivamente

Blue Moon

No céu de fantasia brilha
E flutua
A lua azul e o seu destino
Seu destino e a lua azul
Brilham e flutuam
Juntos, no mesmo cenário

Em um só Tempo

Em um só tempo
Poeira e vento
Olhos ardendo
Encardimento

Em um só tempo
O verso duro
Com o intento
De clarear o escuro

Rápido no Corredor

Valdimir e Milton no Gabinete
Vejam Milton e Valdimir no Governo
Milton pensando em fêmeas
Valdimir pensando em poesia

Vão os dois caminhando juntos
Sensuais e preguiçosos conversando

Pena que não fui chamado
Para tão apropriado colóquio

Encanto

Silvia nas águas do mar
Refletindo seu frescor no olhar
Gabriel, distante a namorar
Ah!
O permanente desejo de amar

Aos dois ainda falta
A noção do desencanto

Estou Falando sobre Você

Seu cabelo era curto
E a paixão brotava em seu rosto
Os gestos despendia com cuidado
E o amor tratava com gosto
Eu estou falando sobre você

Àquele jeito outros se formaram
O de mãe, principal, lhe definiu
O rosto
Os cabelos já não são curtos
E a elegância adquiriu disciplinas
Antes ainda projetadas

O amor se tornou trabalho
Cotidiano
E a paixão
Como prática paciente
Se apossou do seu sonho
Estou falando sobre você

O silêncio, antes, interessante
Surpresa entre os falantes
Ampliou seu significado
Numa economia de expressão
Dedicada ao viver como ocupação
Eu estou falando sobre você

A generosidade jamais pensou
Como valor notável
E enquanto discurso incomodou
A sua compreensão se
Algum interlocutor a usou
Com especial destaque
Estou falando sobre você

Quando dorme , entretanto
Como pequenos sustos
Outras formas e gestos
Ao seu sono dão encanto
E uma suave ira do seu humor
Retira a já pouca paciência
Que emoldura o seu despertar
Eu estou falando sobre você

Soneto da Perda

Aquela força imensa, descontrolada
Concreto, ferro, estilhaço, poeira
Em meio à aurora deflagrada
E os tons da madrugada derradeira

O sol no azul refletindo em aço
Estourando as definições do futuro
Concreto, ferro, poeira, estilhaço
Modelando o domingo quente e duro

A claridade insistente como o fato
Não permitiu recurso à ilusão
Capaz, meu Deus, de alterar a sorte

E como se fosse um rígido contrato
A ser cumprido, ali, sem proteção
Valdimir Diniz encontrou sua morte

Cena de Gabinete

Clemente e Orlando no Palácio
Um com desejos domésticos
Outro voando sem destino
Ambos funcionários corretos
Enredados no mesmo desatino

Clemente, seu filho alcoólatra
Livros publicados e uma fazendinha
Orlando, divorciado, cinco filhos
E uma empresa falida
Um luta e acredita na vidinha
O outro não quer deixar vestígios

(O desatino que os envolve
Tem por nome governo
Que, de resto, mais dissolve
Que a vida e seu erro)

Clemente e Orlando andando
De braços dados, pelo gabinete

Discreto

Vulgar
Não é olhar
A paisagem do mar
E o desejo de amar
Permanente

Vulgar
É o segundo olhar
Corrompido
Por intenções
Subalternas

Paisagem

Para Francisca Helena

Houve uma tarde
Um cachorrinho preto chamado Pepino
E um lago

Uma linda mulher alemã
Seu longínquo olhar azul
E a calma

Houve uma tarde em Belo Horizonte
E uma moça descansando
À sombra de um Flamboyant

Azul e Branco

Um vôo leve
Suavemente suspenso
No azul

Para os jovens
Assim
É o amor:
Como um pássaro branco
Sob o céu

A memória acredita antes que o conhecimento recorde.

WILLIAM FAULKNER, *Luz em Agosto*

A LAGARTA VERDE

Há uma lagarta verde
Delgada e vagarosa
Que anda sobre a mesa
Provocando certo desconforto
Pela inoportunidade
De sua presença
No ambiente que não é o seu
(mas ela não sabe)

Entretanto há a expectativa
De outras emoções
Enquanto a lagarta caminha
As da memória, da perda
E a da ausência inexprimível

Aliás
Enquanto escrevo esses comentários
Perdas involuntárias
E cotidianas
Como a lagarta, também se apresentam

Perdas e lembranças
A oportunidade de ontem
Esqueci-me e lembrei-me
Sem reclamar
Coisas e significação
O escrever e sua função
Não!
Não há função ou objetivo
Imaginem!

Dos sonhos que virão
Não há precisão
Como crença ou instrumentação
Mas buscar a forma
Ah!
Aí sim!
Faz sentido
Porque ela, a forma
Escapa à preguiça
Que a tudo quer tratar
Com racionalidade

O esclarecimento não explica
O que a consciência enxerga
E a memória acredita

Presentes as maneiras de compor
Em movimentos, cores, sons
E múltiplos contornos
O que não pode ser dito
Ou previsto

Sem náuseas de abismo
Mas apreciando
A lagarta verde
De riscas pretas
Que exibe sua beleza
Sobre o mármore da mesa

O Amor Supremo

Interpretando A Love Supreme *de John Coltrane*

I

A calma permite observar
Nos olhares e nas atitudes
O que a bondade exprime
Como vontade humana
Perceber sua relatividade
Sua impermanência
E a força que produz

Os humilhados e ofendidos
Se multiplicaram
Na proporção dos equívocos
E os desejos de bondade
São lacunas em expansão

Onde está a alma
Em meio a sua negação
No andamento do tempo
Metrônomo?

II

No planalto de Brasília
O céu predomina e
Venta levemente
Nos poentes do mês de agosto
É quando os humores se acalmam
E os vermelhos e os amarelos no horizonte
Reúnem os tons do azul no escuro
- Ah! O esplendor -
A idéia da paz, então, se torna visível
E frágil, como o bem

III

Compreender a história
Viver e estar com os homens
Buscando encontrar neles
A solidariedade e a misericórdia
Porque mesmo na mais dura violência
E sua insistência
Está narrada, expressa como o contrário:
A forma da convivência ou do simples sossego
A mão no ombro da companheira e a saudade

IV

O prazer e a dor andam juntos
O gozo no sexo é a sua expressão
É a ilusão que nos excita e nos reflete
O mais distante no tempo do que somos
E sua musicalidade
É o desejo sem verbo

Que só o descanso pode revelar
A longínqua e delineada
Expressão do desespero
Enquanto floresce o amor
Ah! O amor está e é
Gostaria de dizer como!
Mas não há como dizer
É o silêncio
Que quase sempre nos apavora
Porque
Quando estamos quietos
O amor parece escapar

V

O poema imaginado é melhor que o escrito
O não escrito é a poesia quando nasce a idéia
Nossos gestos nos denunciam uns aos outros
A impaciência e a incompreensão
Pode nos irritar, muito, às vezes
Mas não adianta temer a calma
Ela, a calma, mesmo encontrada
É o silêncio, a música e sua fúria:
A inconsideração de nossos procedimentos
O tempo, aí e então, está solto da história
É memória
É a idéia, como a luz
Que sublima
A narrativa de nossas existências
A fé como obstinação da alma
O amor
O amor supremo

Noturno

Essa amargura
Essa dor
Essa solidão de pedra
Impermeável

E o silêncio

Título	*Sinais das Idéias*
Autor	Moacir de Oliveira (m.oliveira@apis.com.br)
Produção Editorial	Aline Sato
Editoração Eletrônica	Amanda E. de Almeida
Revisão Ortográfica	Fabrício Valério
Capa	Tomás Martins
Formato	14 x 21 cm
Tipologia	Minion
Papel de Miolo	Pólen Soft 80 g/m²
Número de Páginas	96
Impressão do Miolo	Gráfica e Editora Vida e Consciência